AF315486

LE KIOSQUE,

Poëme en trois Chants,

PAR

FL. GEOFFROY, DE VERTUS (MARNE).

PARIS.

IMPRIMERIE ÉDOUARD-PROUX ET Cᵉ,

RUE NEUVE-DES-BONS-ENFANS, 3.

1848

NOTICE SUR LE POÈME LE KIOSQUE.

Ce petit ouvrage n'est pas tout-à-fait d'invention.
Cependant je ne l'ai entrepris que dans le but d'ap-
prendre à faire des vers.

Sur l'un des coteaux voisins d'une petite ville d'un
peu plus de deux mille deux cents habitans (Marne),
dans une de ses propriétés, un homme s'est avisé d'y
élever une petite construction assez singulière et d'y
établir une fête. Cette maison, construite en partie de
la main de son propriétaire, est située sur le haut de la
colline et est entourée de broussailles.

Un peu après son établissement, une partie des
notables du pays convinrent entr'eux d'aller, un certain dimanche, y donner un festin accompagné d'un
bal. Le dimanche arrivé, un tambour de ville annonça
la fête. Un pâtissier avait été choisi pour y distribuer
des gâteaux ; mais un de ses confrères, jaloux de la préférence qui lui était accordée, sachant d'ailleurs que
pour se rendre au Kiosque (nom qui fut donné depuis à
la construction), il n'y avait qu'un petit sentier et qu'on
serait obligé de passer dans un de ses bois, fit avertir
les gardes du pays afin de défendre le passage.

Le propriétaire du Kiosque, qui voulait que la fête
fût splendide, s'était procuré différentes pièces d'arti-
fice. Mais, dans le moment que les honorables invités
se dirigeaient vers le lieu du festin, un orage violent
survint et en même temps les gardes s'opposèrent au
passage dans le bois. Il fallut rebrousser chemin et la

partie fut remise à un autre jour. Quelques gamins seuls
y parvinrent. Le propriétaire, désigné dans le poème
sous le nom de Bavardin, y était avec ses pièces d'arti-
fice auxquelles il voulut néanmoins mettre le feu pour
annoncer la fête: mais tout fut manqué à cause du
mauvais temps.

La fête eut lieu cependant le dimanche suivant, par
un temps magnifique. Plusieurs des invités ayant quitté
le bal pour placer sur un clayon l'un des sergens
(huissiers) du pays, le clayon se rompit et il eut le bras
cassé. La fête fut de nouveau en déroute. Il fut reconduit chez lui par les autres invités et le bal cessa.
Voilà ce qui fait le sujet du poème. L'inspiration de
l'Aigle d'Autriche pour établir le Kiosque, et sa réappa-
rition après l'accident malheureux qui termina la fête,
ainsi que la Jalousie personnifiée, sont allégoriques.
On a choisi l'Aigle d'Autriche de préférence à d'autres divinités, à cause du surnom d'*Autrichien* donné
au corps de musique dont le fondateur du Kiosque est
le chef. Afin de ne blesser la susceptibilité de per-
sonne, on a fait remonter la fondation du Kiosque à
une époque reculée, en ayant soin de désigner les per-
sonnes nommées dans le poème par leur profession
en rapport avec le nom qu'elle portait autrefois.

LE KIOSQUE,

POÈME EN TROIS CHANTS.

CHANT PREMIER.

L'Inspiration. — Le Kiosque. — Portrait de Bavardin.

Je vais chanter cet homme de génie
Qui de son nom enrichit ma patrie,
Je vais chanter ce *Kiosque* nouveau
Par lui construit dans les champs de l'*Oiseau*,
Et cette fête à grande destinée
Qui fut pompeuse et fort mal terminée.

O toi, cité si féconde en héros,
Et qui si mal couronne leurs travaux ;
Daigneras-tu d'une sage entremise
Me seconder dans ma noble entreprise !

Ma jeune muse est novice en portraits,
Et ne sait point esquisser tous leurs traits,
Mais elle implore un public charitable
De vouloir bien lui passer cette fable.

La sombre nuit couvrait de voiles noirs
Villes, hameaux, monticules, terroirs ;
Une cité de modeste apparence
Était plongée en un profond silence.
Les beaux esprits, les fainéans, les sots,
D'un doux sommeil savouraient les pavots.
Lors un rentier à mine rubiconde,
A l'esprit vif, à mémoire féconde,
Sur l'édredon attend le lendemain.
L'Autrichien surnommé Bavardin
Songe à créer quelque projet illustre,
Et veut donner encor un nouveau lustre
A ses succès.... Ne pouvant réussir,
En s'endormant il poussait un soupir.

Or, de Schœnbrunn (1), la fière Aigle à deux têtes,
Et qui ne craint les vents ni les tempêtes,
Ne put souffrir de ses vastes États
Que Bavardin restât dans l'embarras.
Ainsi l'on dit qu'autrefois saint Bercaire,
Pour établir un fameux monastère,
Près de Nivard en plein jour égaré,
D'une colombe alors fut inspiré.
Tel Bavardin, en songeant à construire,
Fut éclairé par l'oiseau de l'Empire.
L'aigle de Vienne a fui de son palais,
Fendant les airs vers le sol des Français;
Puis, effleurant le levant de la France,
Vers le héros elle fait diligence.
Dans une chambre elle arrive soudain
Et reconnaît le fameux Bavardin.
A ses côtés on voyait l'Industrie,
En digne enfant de ma belle patrie,
Gaîment sourire à cet heureux succès
Qu'elle apprêtait aux illustres projets.
L'Emblême avait l'auréole suprême
Qu'on voit aux fronts parés d'un diadême,
Quand ,.de l'alcôve écartant les rideaux,
A Bavardin elle adresse ces mots :

« Tu fus jadis çaporal en Autriche,
» Quand, délaissant le pays le plus riche,
» Tu..... mais laissons ce passé si fameux.....
» Depuis long-temps tu lui fis tes adieux.
» Si j'ai quitté ces plaines si fécondes
» Que le Danube arrose de ses ondes,
» Ce ne fut point, ancien Autrichien,
» Pour te plonger dans un cuisant chagrin :
» Sur un projet je viens ici t'instruire,
» Et tu vas voir ce que vaut mon empire.
» A cet endroit que tu nommes l'*Oiseau*,
» Qu'on voit au loin apparaître si beau,
» Et dont l'aspect, le séjour délectable,
» Naît du versant d'une colline aimable,
» Je te connais une propriété,
» Que la nature a richement doté.

(1) Palais de l'empereur d'Autriche.

» Toi, bon chasseur comme excellent artiste,
» Qui suis de loin les lapins à la piste,
» Que dès demain, aussitôt ton réveil,
» Et précédant le lever du soleil,
» Près de ce bois d'une fraîcheur divine
» Va d'un *Kiosque* embellir la colline.
» Ce monument d'appareil somptueux
» Rendra bien loin ton renom glorieux.
» Un jour viendra que le sot et le sage
» Iront ensemble admirer ton ouvrage ;
» Puis te parant de ses lauriers divins,
» L'Art de bâtir enviera tes dessins. »
Elle avait dit. Une vive lumière
Du Bavardin descend sur la paupière ;
Bonnet de nuit enfoncé sur les yeux
Rendait encor le héros radieux :
« Non, dit alors notre illustre génie,
» Jamais encor dans le cours de ma vie
» Rien d'aussi grand ne vint flatter mes sens ;
» Je reconnais ces généreux accens,
» Ces beaux projets, cette brûlante flamme,
» Qui de ses feux vient embraser mon âme ;
» J'obéirai, noble et divin oiseau,
» Et dans mes mains brillera ton flambeau ;
» Oui, de la gloire archange tutélaire,
» Tu vas toujours m'aplanir la carrière. »
L'oiseau parut étrangement surpris
Que Bavardin l'eût si vite compris,
Et par ces mots terminant son message :
« Adieu, dit-il, vite, vite, à l'ouvrage. »
A peine il a terminé son sermon
Qu'il disparaît d'un vol léger et prompt,
Non sans laisser dans une illustre chambre
Sur son passage une fine odeur d'ambre.
L'Autrichien, surpris de sa faveur,
Crut entrevoir le chemin du bonheur.

Or, un beau jour, au lever de l'aurore
(En la saison favorisée de Flore),
Tout essoufflé, sous un fort grand chapeau,
Mons Bavardin apparaît en l'*Oiseau.*
Ce fut alors qu'à l'œuvre il vint se mettre
Pour commencer son ouvrage de maître.
Aussi l'écho, sous ses coups de marteau,
Rendait au loin les plaintes du coteau,

En moins de rien le promeneur novice
Vit apparaître un nouvel édifice;
Puis le bruit court que le beau monument
Est un séjour agréable et charmant.
« Il est, dit-on, gracieux comme riche;
» On l'embellit des armes de l'Autriche.
» Et puis la nuit, étrange rareté,
» Tout son dehors est brillant de clarté.
» A ses parois les gravures posées
» Le classeront dans le rang des musées.
» Oui, c'est enfin ce séjour enchanteur,
» Quand retenant le grand Renaud vainqueur,
» Ce monument, ce palais magnifique,
» Qu'Armide fit par un pouvoir magique,
» Oui, ce kiosque, entouré de bosquets,
» Va devenir immortel à jamais.
» Considérez son aimable structure,
» C'est un morceau de belle architecture. »

Or, comme on voit, ce kiosque inoui,
Charmait les yeux du public ébloui.
Le croirait-on, l'envieuse Cabale
S'en vint souffler son haleine infernale
Et s'empara de ces méchans esprits,
Gens pour lesquels l'on ne doit que mépris,
Qui pèsent tout dans la triste balance
Que leur donna l'affreuse Médisance.
Alors ces gens répétaient méchamment
Que le kiosque est un sot bâtiment,
Qu'on est trompé, que d'une lapinière
On lui voyait la forme et la matière.
O foule ingrate, oh! tu n'y connais rien !
C'est un morceau de style autrichien.

Notre héros, d'une mâle encolure,
Est fort pimpant et d'énergique allure,
Il porte pipe à fumer de l'anis
En éclipsant les fumeurs réunis.
On lui connaît une tête profonde :
Il peut parler des quatre coins du monde.
Or, nous savons qu'en conversation
Il sut gagner la moitié de son nom.
Dans ton beau corps, garde nationale,
Sa cornemuse est toujours sans rivale,
Et son costume, imitant le velours,

Peut rappeler celui des troubadours.
Étant le chef de cette compagnie
Qui verse à flôts la bruyante harmonie,
On vit souvent le grand Autrichien
Remettre au pas l'ingrat musicien ;
Dans de grands mots, dictés par la prudence,
Donnant l'essor par sa mâle éloquence,
A l'orgueilleux osant lui répliquer :
« Est-ce bien moi que tu veux provoquer ?
» Lui disait-il. Songes-tu, misérable,
» Que parmi vous je suis le seul capable,
» Et que sans moi, sans mon illustre nom,
» L'on vous verrait ramper à l'abandon ? »
Or, au discours, si sublime et si riche,
L'homme au bémol qui reconnaît l'Autriche,
Se sent vaincu, promet pour l'avenir,
Et se soumet par un grand repentir.

CHANT DEUXIÈME.

Préparatifs d'une Fête. — Une Déroute.

Gens d'un pays que j'aime et que j'estime,
Pardonnez-moi les écarts de ma rime ;
Mon vers toujours empreint de vérité
N'est point porté vers la méchanceté.
Sur un sujet je badine et plaisante
Car mon histoire est assez amusante,
Je la trouvai parmi de vieux papiers
Et je la fais du temps des chevaliers.

Toujours avide des palmes de la gloire,
Pour illustrer de nouveau sa mémoire,
Notre héros décidait un matin,
De préparer une saint Bavardin.
Ce n'étaient point ces fêtes ordinaires
Qui sont toujours si sottes, si vulgaires,
Que Bavardin espérait établir,
Mais une enfin de joie et de plaisir,
Non destinée à toute la jeunesse,
Mais au bourgeois ainsi qu'à la noblesse.

Près du Kiosque été ami ra p s.

Dans le milieu de bosquets merveilleux,
Est une place élégamment ornée
Et de gazon richement sillonnée :
C'est cet endroit que l'ancien Caporal
A destiné pour son nouveau festal.

Toujours poussé par une ardeur nouvelle
L'Autrichien animé d'un beau zèle,
Qui pour sa fête a mis tout en émoi,
Partit trouver l'artificier du Roi ,
Et rapporta, chose digne d'envie !
Tout l'attirail de la pyrotechnie.

Quand tout fut prêt : un dimanche au matin,
Pour inviter à se rendre au festin ,
Un chat botté (1) vigilant et agile,
Prit une caisse et parcourut la ville
Pour engager bourgeois et potentats
Vers le Kiosque à diriger leurs pas.

Il était dit qu'à la fête charmante
Un déjeuner de saveur succulente
Serait offert. Un boulanger fameux
Dans les mitrons qui défournent le mieux ,
Sera chargé de la pâtisserie.
En ce moment la noire Jalousie
Quitte l'enfer, et d'un vol lourd mais prompt,
Accourt trouver un rival du mitron.
Cet homme était taciturne et bizarre ,
Ayant enfin le cœur dur et barbare,
Et la déesse au funeste venin
Le trouve assis sur un vaste pétrin ;
A ses côtés, le Dépit et la Rage
Lui font vomir cet horrible langage :
« O toi, dit-elle, orgueilleux pâtissier,
» Qui fus aussi l'honneur de ce métier,
» Peux-tu souffrir qu'un mortel intrépide,
» Qui sur ses pas a la gloire en égide
» Pour un festin où le bon goût fait loi,
» Aille choisir un plus fameux que toi ?
» Non! C'en est trop. Un moyen efficace
» De Bavardin peut rabaisser l'audace.

(1) Nom d'un des tambours d'alors.

» Écoute-moi : pour gravir le coteau,
» Où du Kiosque est le siége nouveau,
» Un bois fameux qu'en une heureuse année
» Te confia l'aimable Destinée ,
» Sur son passage est soumis à tes vœux ;
» Du Polygame (1) il fut le bois fameux.
» Pour effrayer cette assemblée altière,
» Va , fais cerner son unique lisière,
» D'un épais rang de nos hallebardiers.....
» Pour Bavardin alors plus de lauriers !
» Toi seul ainsi remportant la victoire,
» Tu cueilleras tous les fruits de la gloire.
» Mais le héros, par lui-même avili,
» Retombera dans un funeste oubli. »

Elle avait dit. Plein du conseil perfide
Le doux mitron, le front pâle et livide,
Sent en son cœur rallumer son espoir,
Se réjouit d'un dessein aussi noir :

. . . . ;

« J'obéirai, divinité chérie,
» Dit-il alors ; la gloire de ma vie
» Est attachée à venger cet affront ;
» Oui, l'on saura ce que vaut un mitron ! »
Il dit et court vers le séjour des gardes,
Valet de Trèfle unit les hallebardes ,
Et ce beau bois à nos aïeux si cher
En peu de temps se hérisse de fer !

En cet instant, une foule nombreuse
De riche mise, à la marche pompeuse,
Du beau Kiosque avait pris le chemin.
Lors on voyait, la tabatière en main,
Marcher d'abord nos docteurs si célèbres
Qui savent l'art de parler des vertèbres ;
Puis un Sergent d'un calibre si gros ,
Pesant, dit-on, plus de cent vingt kilos.
Dans le milieu de ces vaillans confrères
Viennent encor nos magistrats sévères ;
Tabellions, scribes et magisters ,

(1) Homme autrefois fameux par ses trois femmes, son
pompon et ses trois chevrons militaires.

Suivis de près d'une foule de clercs ;
Et le beau sexe et tout son apanage
De ce beau corps couronne l'équipage.

Tout marche bien : amans, nymphes, beautés,
S'en vont gaîment à pas précipités ;
Là, dépouillé de son visage austère,
Le magistrat paraissait moins sévère
Et la beauté par un malin souris
Applaudissait aux doux mots des maris.
Sur le sentier foulant une molle herbe,
Tel s'avançait ce cortége superbe,
Quand un sergent, tout couronné d'exploits,
En un instant met la foule aux abois ;
Il voit au ciel un présage sinistre :
C'est une image à la teinte de bistre,
Qui, grossissant, s'élève à l'horizon,
Et vient jeter la consternation.
Au loin déjà la peinture riante,
Du beau Kiosque au héros se présente.
De l'épais bois l'on touche à la lisière...
Et c'est alors, ô fatale barrière !
Que tu jetas une horrible terreur,
Quand du mitron tu montras la noirceur :
Soudain les gens aux redoutables armes
Dans ces beaux rangs jetèrent les alarmes !
Tel des guerriers dans leurs rangs affermis,
Qui, repoussés par des feux ennemis,
Voulant surtout signaler leur courage,
En combattant reviennent à la charge.
Tel par trois fois on vit nos conviés,
Pâles, tremblans, haletans, effrayés,
Voulant franchir ce bois si redoutable
Pour pénétrer près du Kiosque aimable.

Racontez, Muse, alors quel contre temps
Vint mettre fin aux tristes différends ?
Tout chacun croit que la nouvelle fête
Emouvant l'air fit naître une tempête ;
Car aussitôt le Ciel avec fureur
Vint achever de les combler d'horreur.
De tous côtés, par les vents amassés,
S'entrechoquaient les vapeurs embrasées ;
L'éclair sillonne et la pluie par torrens,
Joint le déluge à d'affreux ouragans.

Quel coup du sort pour l'auguste assemblée !
Quelle bagarre alors dans la mêlée !
L'air retentit de vains cris superflus.
Sur le sentier nos gens irrésolus
Fort attristés de l'affreuse déroute ,
De la cité vont reprendre la route.
Dans le limon, barbottans et crottés,
Tel fut le sort des amans, des beautés ;
A la blancheur des robes de percale
A succédé la couleur d'une eau sale,
Certain vicaire, en les apercevant,
Disait tout haut : « C'est ma foi bien plaisant, »
Pendant ce temps que faisait Bavardin ?
A son Kiosque arrivé le matin
Entier aux soins de la pyrotechnie
Il préparait sa brillante magie :
Des feux follets, des pétards, des soleils
Furent placés en pompeux appareils ;
Et au moment où la troupe intrépide,
S'effarouchait près du fer homicide
Et succombait sous un orage affreux,
L'Autrichien approchait de ses *feux*
La longue mèche enflammée et terrible...
Affreux malheur ! Ce fut chose impossible ;
Et le salpêtre ordinairement prompt
A ce héros fit subir un affront ! (1)

CHANT TROISIÈME.

La Fête. — Un Accident. — Un Épilogue.

Cette fois, Muse, en frivole langage,
Fais de la fête une sincère image ;
En ton récit ne mets point de lenteur,
Raconte enfin un funeste malheur ;
Courage donc, au travail sans relâche,
Et terminons la glorieuse tâche.
Mais le public nous prendra dans ses rêts
Et nous dira que nos vers sont mauvais ;

____

(1) L'humidité du temps empêcha la poudre de s'en-
flammer.

Pour chanter mieux il faudrait les refaire.
Je suis tout jeune, un autre peut mieux faire,
Poétisant sur un ton plus égal,
Peut-être un jour écrirai-je moins mal.
La bourgeoisie et la noblesse ensemble,
Le jour venu de nouveau se rassemble ;
L'on y revoit potentats, magisters,
Scribes, docteurs, tabellions et clercs ;
Et l'on remarque une désinvolture
Qui ne convient qu'à la magistrature.
Notre Sergent pesant cent vingt kilos
S'y trouve encore dans les rangs les plus beaux.
Pour le banquet artistement parées,
Nos beautés sont richement préparées ;
Leur mise au lis dispute de blancheur
Et de la rose elles ont la fraîcheur.
Mais j'en vois une à la mine rusée
Qui se tient raide et n'a pas l'air aisée,
C'est qu'au pays des fameux maroquins
On lui fit part d'élégans brodequins ;
Son petit air et sa démarche franche
Font aisément remarquer dame Blanche
On part enfin et l'on cherche une voie
Qui ne soit plus si funeste à la joie.
Du fameux bois la récente terreur
Rappelle enfin une pénible horreur.
Ce souvenir rendait le pas débile
Quand le hasard offre un chemin facile ;
On s'en empare, et d'un accord parfait,
Chacun le tient joyeux et satisfait.
On ne craint plus ni le fer ni l'armure,
Et l'on s'avance à l'abri de l'injure.
Le ciel offrait un tableau tout d'azur ;
Le doux zéphyr apportait un air pur,
Et du soleil la course radieuse
Semblait voter une démarche heureuse ;
En un instant le versant est gravi
Et l'on fait face au Kiosque ravi.
Là, notre place au festin préparée
Est sur deux rangs de tables entourée.
Près de ce lieu, montés sur des tréteaux,
Faisant vibrer de tendres chalumeaux,
Des troubadours installés à l'avance
Veulent déjà que le grand bal commence.

Près d'un comptoir abondamment fourni,
L'on voit encore dame Compagnoni, ·
Laquelle étale en diverses rangées,
Bonbons, croquets, massepains et dragées ;
Mais son mari que l'on dit iroquois,
A ses côtés tient un billard chinois.
Pour un festin si neuf et si splendide,
Mons Bavardin, dans son zèle intrépide,
Fit rechercher en vins délicieux
Quatre paniers d'un champagne mousseux.
L'Aï, l'Avèze, et le Vertus limpide,
Versaient des flots d'un blanchissant liquide.
Tous sont ravis et la joie éclatait
En contemplant l'admirable banquet.
Lors sortis chauds des dernières fournées,
Trois cents gâteaux en quatre clayonnées
Sont déposés par le chef des mitrons.
Tous aussitôt, magisters, biberons,
Scribes, sergens, potentats, péronnelles,
Vont s'égayer en ribottes nouvelles.
L'on n'entend plus qu'un bruit sourd et confus,
Chacun prend part aux présens de Bacchus.
Belle d'amour, la beauté qui frétille
Boit à longs traits le mousseux qui pétille,
Et c'est alors qu'en l'aimable festin
Le magistrat a perdu son latin.
Scribes et clercs, troublés par un nuage
Croient assister à quelque mariage ;
Pour ajouter à ses nombreux exploits
Le fier Sergent boit encore une fois.
La nuit tombant enfin le festin cesse,
Et pour danser tout le monde s'empresse ;
Donc on se range au bal harmonieux
L'écho résonne et dit : *En avant deux!*
La joie alors sur les fronts étincelle ;
L'amant s'éloigne et revoit sa pucelle ;
Jeunes ou vieux, docteurs ou magistrats,
Y font des bonds et d'adroits entrechats,
Et la poussière en la fête frivole
Tout autour d'eux tourbillonne et s'envole.
Alors quittant les élans et les ris,
De ces messieurs six ou sept des plus gris,
Trouvant au bal trop de monotonie,
Vont faire un jeu bien plus digne d'envie.

Or, il était certain tas de clayons,
Non loin de là laissé par les mitrons;
Vite on y court, et l'on a peine à croire
Qu'un des susdits fît une balançoire;
Avec justesse un long brin divisé
Et sur la main fort bien égalisé,
Est présenté par l'un de nos apôtres
Au choix fatal de chacun des six autres.
Chacun tremblant attend l'arrêt du sort
Et s'y soumet en faisant un effort.
Enfin l'on tire une paille traîtresse:
Pour le clayon le gros Sergent adresse.
Tremblez, lecteur : il est soudain assis;
Qu'allez-vous faire, ô jeunes étourdis !
Avec vigueur allant saisir chaque anse,
De ces messieurs alors le jeu commence,
Et le clayon dont le fragile osier
Chez le mitron n'a jamais su plier,
Sous ce lourd poids craque avec violence;
On se reprend et vite on recommence,
Et cette fois de furieux ébats
Font que l'ingrat s'éparpille en éclats !
Le gros Sergent qui fait triple culbute
Choque le sol de sa terrible chute.
L'écho redit l'homme aux cent vingt kilos !
O catastrophe, il s'est brisé les os !
Un cri sorti de sa bouche tremblante,
Jette partout l'horreur et l'épouvante.
A ce malheur, ce coup inattendu,
Le bal frissonne et paraît confondu;
Quand descendant de son séjour sonore
Dessus son char la nymphe Terpsichore
Arrive en hâte et tâche vainement
De rétablir la joie et l'agrément ;
On ne l'écoute, alors chacun s'empresse
A secourir le sergent en détresse.
Parmi la foule est un malin docteur
Qui de nos maux connaît la profondeur;
En devançant la troupe fugitive,
Près du malade aussitôt il arrive,
Tâte son pouls, l'examine et soudain :
« Ce corps, dit-il, cependant encor sain,
» Et dépassant l'ordinaire mesure,
» En gravitant s'est fait une fracture.

» Au bout du bras s'est trouvé son poignet.
» De la charpie et je le guéris net. »
Un tel discours, un aussi doux langage,
Des conviés ranime le courage.
Sur un brancard soudain improvisé
Notre Sergent fut alors déposé.
De Marlborough, par un grand privilége,
Tel autrefois fut le brillant cortége;
Tel le Sergent aux cuisantes douleurs
Est reconduit au milieu des honneurs.
Notre héros s'attristait sur la fête,
Quand tout-à-coup apparaît sur sa tête
L'Aigle qui dit : « Pourquoi, mons Bavardin,
» Cette faiblesse et ce cuisant chagrin ?
» N'accuse point le destin d'injustice :
» N'es-tu donc plus sous ma main protectrice?
» N'as-tu point su par quels affreux revers
» Le fils d'Ulysse a parcouru les mers ;
» Cent fois le Styx l'eût porté sur son onde
» Sans de Mentor la sagesse profonde.
» Eh bien ! le ciel, au lieu de te punir,
» T'annonce enfin un brillant avenir ;
» Te soumettant à cette rude épreuve,
» De ta constance il voulait une preuve.
» Souviens-toi bien qu'ici-bas nul mortel
» N'eut en partage un bien continuel.
» Vois, Bavardin, tes grandes destinées;
» Ta fête enfin cumulant les années ;
» Connu bien loin et bien loin répété,
» Ton nom penchant vers l'immortalité,
» Car le succès, au bout de l'an solaire,
» Attend ta fête à chaque anniversaire. »
L'Emblême a dit. Comme un rapide éclair,
Elle repart dans les plaines de l'air;
Car un nuage à la teinte dorée
La conduisit sous la voûte azurée.
Aux doux accens de cette aimable voix
L'Autrichien fait un signe de croix.
Son regard brille et son front s'illumine;
Il suit de loin cette image divine,
Sur le nuage étend encor les yeux,
Puis n'y voit plus que la grandeur des cieux.
Il a conquis un laurier pour sa tête.
Voilà, lecteur, la source d'une fête

Qui se transmit, disons (1) depuis long-temps,
De nos aïeux à nous leurs descendans.
Elle subsiste, et je suis en mesure
D'en raconter encor quelque aventure.
Et tous les ans, par quelques chants nouveaux,
Je pourrais joindre une palme au héros,
Si toutefois ce début poétique
N'est dédaigné d'opinion publique.

(1) Disons un mensonge, car cette fête se passa en l'année 1843.

Imprimerie ÉDOUARD PROUX, rue Neuve-des-Bons-Enfans, 3.

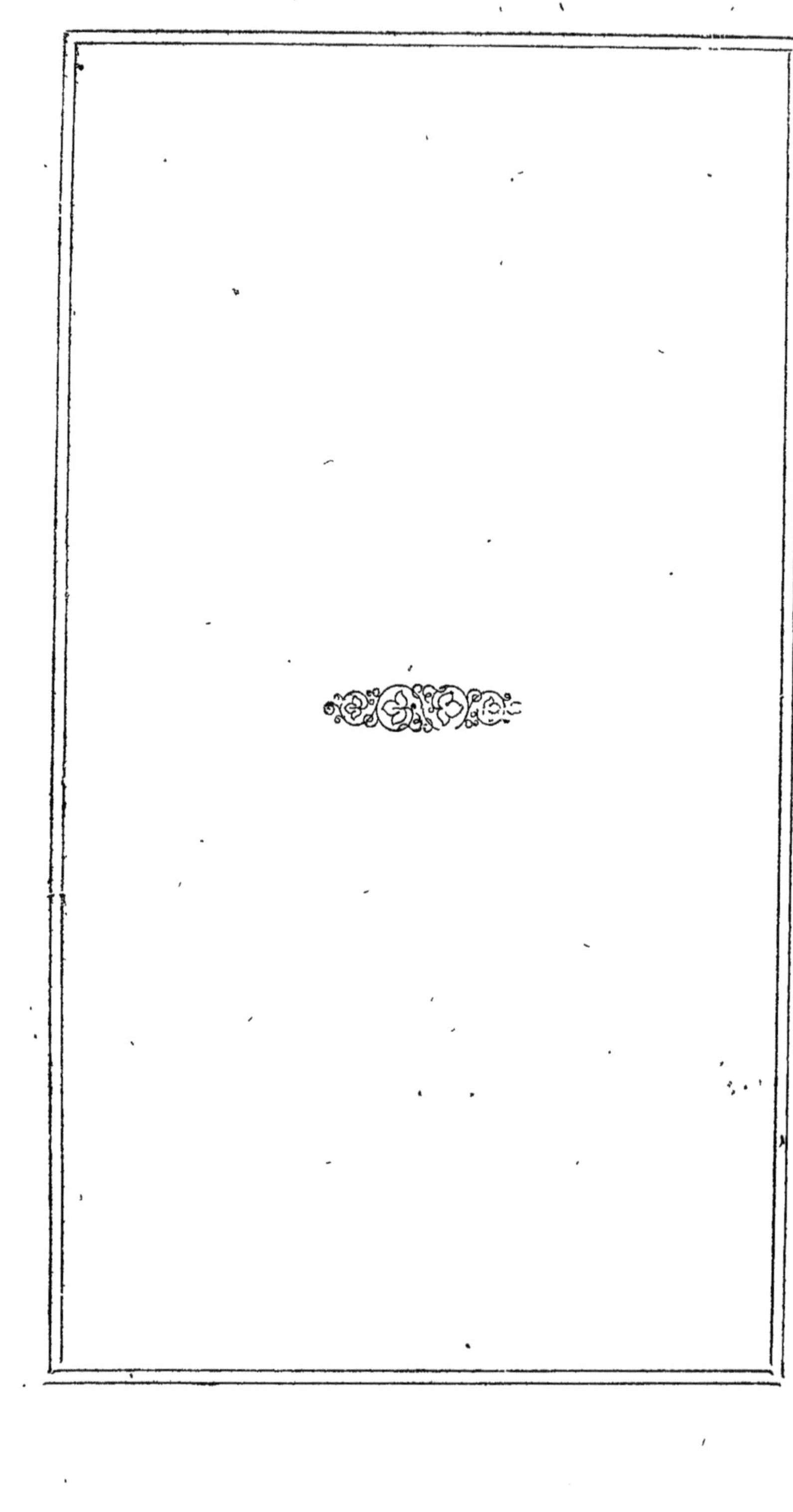

www.ingramcontent.com/pod-product-compliance
Ingram Content Group UK Ltd.
Pitfield, Milton Keynes, MK11 3LW, UK
UKHW021721130726
13696UKWH00006B/2454